KB092830

오늘 우리들

오늘 우리들

지현경 제8시집

대양미디어

서문

바닷물 위에 부표처럼 살아가는 사람들
바람이 불어와도 파도가 흔들어도
그 자리 떠나지 않고 죽기살기로
붙들고 헤엄치는 부표들처럼
이것이 우리가 살아가는 모습이 아닐까?
천 번 만 번 파도가 쳐도
꿋꿋하게 버티면서 떠 있는 부표
형형색색이 가을 운동회 어린이들 모습이었다.
오늘도 주인이 시키는 대로 말없이 주어진
그 자리에서 묵묵히 일을 하고 있다.

2021년
옥상 정원에서

차례

제2부 가을바람 사연

제3부 피는 꽃은 곧 질 텐데

제4부 내 몸이 일기예보

제5부 마음 모를 친구

제6부 내 친구들

제1부 가을향기

부러진 날개

날이면 날마다 거리에 나가
물건 파는 사람들
오늘도 고객 기다리며 물건을 팔고 있다
오고 가는 사람마다 시위하러 가도
물건 파는 사람들은 관심이 없다
온종일 길거리 장사 평생을 해도
남는 것은 한 개 팔아야 1,000원이라네
춥고 배고픈 사람들은 입에 풀칠도 바쁜데
시위하는 그 사람들은 어떤 사람들인가?

쥐고 서서

한 꼭지 틀어막고 생각해본다
바람이 새는지 확인해본다
귀에는 소리 소리가 들려 오는데
가슴에 피는 꽃은 기울지 않네
지는 해 따라가는 저 늙은이
어제도 왔다가 그냥 가더니만
오늘 또 갈 곳 없어 기웃거린다
극락 천국이 어디에 있는고
때 이른 막장 가다가 잠깐 서 있는데
동녘에 해가 뜨니 다시 돌아왔다.

끝도 없는 길

나그넷길 가다가 땡볕 따가워
그늘 찾는다
저 멀리 느티나무가 날 기다려
잠깐만 쉬어 가자고 말해 두고서
땀방울 떨구고 소피 한 번 보았다
나그네 또 먼 길 떠나네
약속도 없는 길을.

사기꾼

나를 낮추는 사람은 겸손이요
나를 낮추고 눈길 돌리며
굽실대는 자는
사기꾼이다.

초라한 가을밤

누구 거기 없소?
날마다 기다리네
친구를 기다리네
꽃 지고 간 후에
오신들 무엇하리오
오늘 오시면 반가운걸
구름도 나를 보고
그늘 내려 주는데
뜨거운 가을 햇살도
가는 여름을
아쉬워하는구나.

가을향기

외로운 나그네들 한잔 술에 마음을 달랜다
오지 않는 옥상 나그네들
오늘도 보이지 않는구려
초라한 두 늙은이만 옥상에 앉아서
해남 진양주로 마음을 달래니 눈물이 나네
그것도 위로가 안 되어 망설이다가
방 사장이 보내 주신 자연산 천마 술로
꿀꺽 한번 새기니
천사가 따로 없도다, 내가 천사로다
이름 모를 무명초가 꽃이 돼 피어나서
옥상정원에 외로이 앉아 나를 유혹한다
그나마 마음 달래며 오늘도 술과 함께
해가 지는구나.

존경하는 마음

존경하고 사랑하는 내 곁에 계신 임들
날마다 빌어 보네 건강하게 사시라고
차근차근 천천히 서둘지 마시라고
황금 같은 시간을 잡아매 두시고
아름다운 한세상을 즐겁게 보냅시다
어제 가버린 그 일들은 다시 오지 않으니
사는 그날까지 오는 시간 맞이하며
떠가는 구름처럼 흐르는 물처럼
바람 소리 새소리 따라 저 불꽃 보고 가세.

삶이 뭣이여?

파벌에 메이는 꽃은
시달리다가 지는데
들에 홀로 핀 꽃은
자유로워 아름답기도 하다
생과 사는 이러하건만
사람들은 오직
이름하나 추켜들고 나댄다
값이 나간 소나 돼지는
편안해서 잘 크고
비좁은 울 안에서 자란 놈은
보고 듣고 배운 것이
초라할 뿐이다
넓은 세상이 막 터져
마음껏 펼치는데
지금도 가로막아
울 속에다 가두려 한다
대밭에 끼워 자란 대는
곧기는 하나

바람 따라 무리 따라
춤만 추고 자라서 쓸데가 없고
드넓은 초원에서
햇빛 달빛도 보고
이슬도 먹고
귀뚜라미 노랫소리 들으며
사는 놈은 오직 건강하고
깨끗하고 정의로워
밝은 미래를 볼 줄 안다.

가는 세월

가는 세월을 누가 간다고 했나?
돌아오는 해를 보고 물어보아라
누가 나를 보고 늙어간다고 했나?
나는 내 자리를 지킬 뿐이다.

속마음보

초치고 가는 이도 설 곳이 없고
어둠 속에 나눈 말도 쥐가 듣더라
나누는 정 내던지면 자신이 치이고
오늘 욕심에 눈먼 자도 자신이 죽는다
뽀짝뽀짝* 다가온 그 날이 언제이더라.

* '바싹바싹'의 방언

영의 세계

어린 시절 내 친구들
헤어진 지 어제 같은데
꿈같이 가버렸네
찾아간 옛날 헤매다
다시 돌아와
그때 그 시절 얼굴들을
다시 보니 주름이 졌네
함께 줄지어 뛰어놀던
깨복쟁이 내 친구들
곱디곱던 얼굴 다 어디 가고
허연 이빨이 다 빠졌구나
손을 잡고 노래 부르며
즐기던 시절
생시에 찾아가 보니
영의 세계로 빠져들어
예쁘던 그 얼굴들이
백발 늙은이라
누가 누구인지 모르고

이름도 내 친구가 아니었네
손을 잡고 말하던
생시의 그 모습이 아니었네
바라보이는 그들은
헛것이 되었고
기억 속에 소꿉장난하던
그 자리 찾아갔더니
다 떠나고 없어
찬 바람만 불어오네.

국모 이희호

바람이 불어와 임은 가시고
낙엽들이 옹기종기 충남 태안에 모였다
정민협 회원들이 옛정을 못 잊어
임의 흔적을 따라가 보네
국모님 태어나신 모교에 앉아
질곡의 세월에 지워진 흔적들을
하나둘씩 만지작거린다
눈물은 말라서 꽃이 되고
정신은 살아서 숨 쉬고 있다.

나 여기 있네

별을 보고 하늘을 쳐다본다
괴로움 다 떨치고 살아온 오늘
시간은 자꾸만 간다
추풍에 지는 해는 낙엽 속에 묻히고
오고 가는 사람들은 철 따라 헤맨다
기러기도 때가 되면 집을 찾아가는데
나는 어찌 고향을 찾지 않는가?
일흔다섯 거머쥐니 벌과 나비도 오지 않고
홀로 남아 세상을 바라보니
지난 세월이 무상하다
차곡차곡 쌓인 내 허물
길에다 버리고
오늘도 옥상정원에서
친한 친구 오기만 기다린다.

글

책 속에 들어앉으면 편안하고 포근하다
꽃밭에 들어앉아 있으면 온통 향기에 취한다
담금주 술 한 잔에는 온몸이 요동을 친다
나약한 이 작은 몸뚱이로 글 속을 쫓고
꽃잎 속에 푹신 빠져 가라앉으니
순한 양이 되었다
동그란 몸, 모진 힘, 넓은 생각, 해맑은 눈빛은
환경에 쓸려 나약해진다
물과 술은 하나인데 마시면 취해
말쟁이들은 떠들어 대고
운동하던 사람들은 폼만 재니
이것을 다스릴 수가 있는가?
책 속에 들어 있는 글 힘으로
하나님도 부처님도 유혹을 멀리하라 하셨다
글 속에 묻혀서 술 속을
헤집고 나오면 그 사람은
경지에 도달한 사람이다.

예보

토양이 척박해
잡초들도 살아가기가
어려운 땅에
심어둔 나무들이
실하지 못해
억지로 물을 주고
비료를 뿌려보지만
차도는 없고
뒤에서 세찬 태풍이 밀려와
거리를 휘감는다
땅은 거칠고 묘목도
실하지 못하니
나뭇잎이 다 떨어지는구나
날마다 몰려오는 새떼들은
가지마다 채우고
울긋불긋 색 바랜
가을 낙엽을
길바닥은 기다리고 있구나.

제2부 가을바람 사연

기분 나빠 못 참겠다

별별 괄시를 다 들어도
지역 차별은 못 참겠다
별별 욕을 다 들어도
부모 욕은 못 참겠다
별별 시비를 다 한다 해도
인격 모독은 못 참겠다
별별 모욕을 다 한다 해도
모르는 것은 참아야 했다.

잊어야 하네

잊어야 하네 잊어야 하네
차라리 잊어야 하네
썩고 병든 세상인데
무엇을 바라는가?
잊어야 하네 잊어야 하네
차라리 잊어야 하네
옳은 것도 그른 것도
둥글둥글 가는데
잊어야 하네 잊어야 하네
차라리 잊어야 하네
홀로 서서 외쳐본들
누가 아나요
잊어야 하네 잊어야 하네
차라리 잊어야 하네.

뭉쳐간 시대

우리가 살면 얼마나 살까?
살며시 생각해 보니
한없이 긴긴 세월
여기까지 왔는데
물 건너 바다 건너도
끝이 없구나
여기저기 질곡의 세월에
입술 적시며 두루뭉술
뭉쳐서 여기까지 왔네.

태백의 발자국

팔도를 휘감고 태백으로 행하니
푸른 산천이 가곡천만 못하네
이용대 선생 탯자리 뭉쳐진 곳에
좌선하는(50명) 그들이 뉘라 하였소
돌아보니 팔도 명사가 여기 와 있었구나
50인이 모여서 한 수 읊으니
흐르는 가곡 수水가 금빛 찬란하구나.

딸깍발이 지현경

우장산 아래 딸깍발이가 강서구를 누빈다
여름 오면 장마통에 물찬 곳이 천지였다
강서구 물찬 저지대를 단숨에 해결하고
수수 십 년 비만 오면 난리 겪던 강서구를
딸깍발이 지현경이가 진짜 딸깍발이였다
구석구석 안 가본 곳 없고
상·하수도 손 안 댄 데 없어
길바닥도 시장 골목도 등산로 계단석까지도
만지며 고쳐주던 강서구 우장산
딸깍발이였다.

시원한 바람

시원한 가을바람이 문틈을 찾아든다
슬금슬금 기어들어 단잠을 청한다
살짝 열어둔 문틈 사이로 그놈의
모기가 따라 들었다
방금 한 마리 퇴치했는데 잠이 살짝 들라치면
또 한 마리가 윙윙거린다
소방 헬기처럼 머리 위에서 빙빙 맴돈다
한참 동안 싸우다 보면 새벽이 온다
새벽 6시 운동장으로 축구운동 나간다
텅 빈 잠이라 비실거린다
오늘도 하루가 이렇게 시작을 알린다.

인연이란?

만나면 깊어진 것이 인연인가요?
만나면 멀어진 것은 감정인가요?
사랑하고 어루만지며 사는 게 인생이거늘
볼수록 보기 싫은 것도 사람 아닌가요?
기우는 다리는 못 건너가도
똑같이 잡아주면 건너가지요
이것이 사랑입니다
날마다 만난 친구가 말이 거칠면
한 번 두 번 만날 때마다 싫어진다네
부부란 남남인데 사랑할 때는
서로가 이해하고 감싸주지요.

심리치료사 고행

술은 가까이하면 취하고
마음은 불안하면 병이 난다
심리치료사는 겪어 봐야
치료할 수가 있고
유명한 심리학 박사도 만나보면
중심이 없더라
유명한 심장병 박사도
마음을 잡지 못해 가고
술 좋아한 술꾼들도
술로 마감하더라
사랑에 빠진 사람도
사랑 못 이겨 잠재우고
돈 욕심 많은 사람도
허리 부러져 죽더라
마음 치료사는 스스로
마음속에서 잠이 든다.

가곡천변에 서서

밤길 천 리 달려간 삼척시 탕곡면
가곡천 기슭에 서서
50인 헌정 시비가 하늘에 고하노라
대한민국 국운 빌며 국민의 희망을
노래하였노라
팔도의 명사들이 기도드리는
가곡천변 공원에
산길 따라 이름 세우고
50인이 손을 모았노라
절벽 위에 서서 지현경은 절벽의 노송을
한 수 읊으니 흐르는 가곡천 물줄기가
찬란히 천리를 난다
각지의 기운들이 태백산 줄기 타고
불멸의 정신이 영원히 살아 숨 쉬리라!

이름 없는 별

점점 기우는 숨을 죽이니
눈은 시야가 가까워진다
버린 몸은 다시 재생되었으나
얼마나 갈지를 모르겠다
부지런히 노력해서 남아 있는 기운이라도
붙들고 조금만 더 버텨주라고 부탁했다
의지했던 부모님도 떠나시고 없다
겨우겨우 병원이나 다녀 보지만
희미해진 눈조리개는 녹이 슬었다 하는구나
나이를 가슴으로 어루만지며
남은 기운을 아껴 써야겠다 했는데
노력해 봐도 생이 참으로 서글프다.

희망과 절망

가득 채워진 술잔이
희망인가? 슬픔인가?
비어있는 술잔은
절망인가? 희망인가?
배부르면 절망이요
고픈 배는 희망이다.

모기

아무 때나 덤벼드는
고약한 모기들
먹고 싶은 부위들만
골라가며 빤다
배가 차면 무거워서
멀리 못가 죽고
덜 찬 놈은 쉴 새 없이
따라 다니다가
죽는다.

신경질

배부르면
털끝만 건드려도
화를 내고

배고프면
뜯어먹는 모기도
상관 않더라.

우리네 일생

천상에 노니는 저 구름은
온종일 떠돌고
쟁기질하는 저 농부는 해가 지도록
쟁기질만 하는구나!
골프 치는 저 사람들
품 버리고 돈도 버린다
시장통에 장사하는 사람들 물건 파느라
목이 터지는데
저기 저 나그네 좀 보소
팔도 천리 안 간 데가 없네
호경빌딩 옥상정원을 보라
저기 저 방장은 뉘를 기다리는가?
날이면 날마다 방장만 하다가
젊음이 다 늙어만 간다
슬프도다! 가는 세월이…
흙탕 속 저 사람들은
아무것도 모르고
오늘도 하루해가 죽이 되는지

밥이 되는지 관심도 없네
불쌍한 나도 세월만 원망하며
책상 앞에 엎어져 사는구나!
불쌍하구나! 불쌍해 저 늙은이가 불쌍해!

* 방장 : 저자

가을바람 사연

찬 바람이 옷을 두껍게 입고와
감나무를 스쳐 간다
영문도 모르는 대봉 형제들이
얼굴을 뽐내다가
익기도 전에 잎 떨구고
알몸뚱이가 붉구나
탐스러운 쇠불알들을
주렁주렁 매달고
땡 여름 더운 바람을 그리워하네
감잎 먹던 놈들 그 고약한 쐐기들은
한 방 맞고 쪽도 못 쓰다가
감잎 타고 땅바닥으로 추락했다
겨울 준비 못 한 놈이라
시름시름 앓다가 죽는구나!
인생도 젊어서 게으름 피우면
늘그막에는 쐐기처럼 처참하게
마감하더라.

자연의 법칙

가을이 오면 낙엽이 지고
봄이 오면 새싹이 난다
이것이 이치의 순환이다.

깊은 산중에

산골짜기 모래 굴러가면
개미허리 다치고
산등성이 나뭇가지 부러지면
산토끼 뛰어넘기가 어렵다
비탈진 기슭 돌아가려는데
가시덩굴이 가로막아 발길을 붙들고
등산로 다듬어진 길은
양반 길이 아니던가?
지게 통발 두들기며
땔나무 한 짐 지고 가니
지는 해도 내 발길을 재촉하는구나.

제3부 피는 꽃은 곧 질 텐데

두 얼굴

하고픈 말은 있는데
하지 못한 그 심정
언제까지 담고 가랴
세월만 가네
풋풋한 상추쌈
크게 한 입 먹어도
속 타는 내 심정을
지울 수가 없네
눈 뜨고 보자 하니
했던 말이 생각나고
만인들 앞에서도
변명만 하는 그 사람
철면피가 따로 없네
그때 그 사람
했던 말도 얼굴 가려 버려
5년도 못가서
터질 것만 같네!

비정규직

세상살이 살다 보니
직장 얻기가 힘들다
살아온 길도 거칠건만
직장 다니는데도 임시직이었다
부지런히 일해도 나는
임시직이었다
하늘을 보고 한탄을 해봐도
하루해는 뜨고 지네
땅을 보고 원망을 해봐도
한 달 두 달 십 년이 갔네
똑같이 일했는데
받는 월급은 차별이었네
같은 일을 함께하고
같은 밥도 함께 먹었네
똑같은 자리에서
커피값도 똑같이 주었네
비자 하나 더 있다고
차별 대우란 말입니까?

버스비도 똑같고
하는 일도 똑같은데
차별받는 비정규직 눈물을
누가 닦아주나요?
다달이 받는 품삯으로
다달이 내는 방세도
정규직과 비정규직이
다르단 말입니까?
한세상 일만 하다가
엎어져 살다 가란 말인가요?

힘

하늘 끝에 별들이 반짝거리면
권력자들은 밤을 새우며 담장을 넘는다
땅속에 사는 쥐와 개미들이
깊은 잠에 빠졌는데
학벌 좋은 지식층들은 마음대로
대학 문 열어놓고 도장을 찍고
나라의 기강은 무너져 어디로 갔나?
법과 질서가 망가지고 헌신짝 되었으니
쓰레기장에 나 뒹구는
법전이 처량하다
학식 권력 손에다 쥐면 법전도 통과하니
뒷배경 남아돌면 친족까지도
먹여 살리는구나.

그 사람

갈 때가 다 되었구나
땅밑을 파 보면 그 맘 알고
하늘을 쳐다보면 그 고집 안다
도인의 추한 모습이 소인도 못되고
자기 생각만 말을 하니
진짜 소인이 아닌가 말일세
나누는 세상인데 자신만을 주장하니
천릿길을 찾아갔던 명사들이
하품을 한다.

정 주는 꽃

숙희야 피었다
국화꽃이 피었다
노란 꽃 빨간 꽃
숙희 닮은 꽃
예쁘게 피었구나
숙희가 주는 꽃.

피는 꽃은 곧 질 텐데

예쁜 꽃이 필 때는
세상이 해맑고

예쁜 꽃이 질 때는
세상이 해진다.

* 해진다 : 낡아서 닳아지다, 망가진다, 허물어진다.

별들의 세계

조각조각 깨지고
조각조가 나누어진다
부슬부슬 가루가 되어
산천도 무너진다
수많은 사람은
뭉치고 헤어지니
세상을 바꾸고
발전해 간다
어제 없던 새 상품이
오늘 나와 돌아다니며
마음도 변하여
새 글이 판을 친다
세상이 변하니
역사를 이루고
오늘 살아가는
우리들의 형체가
가는 길 오는 소리도
모였다가 사라진다

영상에 떠 오르는
수많은 사연을
담아 두고 읽어 보니
모두가 허상일
뿐이네.

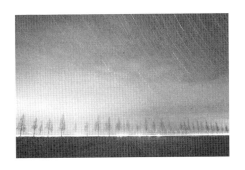

친구 이일복

잠든 사이에 찾아가도
잠이 깬 그 사람
오늘도 제일 먼저
답글을 보내 주셨네
항상 받아 봐도
보드라운 답글에
임의 성품 전해 주시니
한없이 기쁘다오
각박한 인 숲속에서
만난 지도 수십 년
이제는 함께 주름져가니
이를 어찌하리오!

양심의 복

자신을 던질 줄 알아야
일하는데,
자신을 감추는 자는
아무것도 못 한다
속내를 감추면
사람들이 멀어지고
마음을 열어주면
사람들이 존경한다
뿌리는 씨앗도 사랑 없이는
열매가 영글지 않고
정성 없이는
수확을 못 얻는다.

다시 살아서

깊은 산중에 내 몸 가지 않고
서울 장안에서 분주하네
낳고 자라 길을 가다
넘어지고 다치고
여러 해가 지났네
흉 자국도 다 지기 전에
일선에 나서니
할 일들이 첩첩산중이네
천성이 일들이 내 일이라
놀면 병이 나고
마음이 바르면 문이 열리니
하루해가 짧기도 하여라!

고목의 일생

살아 천년 죽어 천년을 산다는
은행나무 팽나무 주목들
명산을 지키고 마을도 지키고
천년을 살아가는 당산나무들이다
마을 앞에 우뚝 서서 그늘을 주어
쉼터가 되었다.
평상에 앉아 막걸리 한잔 얼큰히
취하면 말다툼도 하고
쌈박질도 했던 옛 추억이 어린다
그늘도 주고 열매도 주고 아낌없이
주고 가는 당산나무들
인간은 무엇을 배우는가?
남을 위해 나를 희생하는
인간들이 얼마나 있을까?

해묵은 노트

어린 시절의 잡기장(노트)이
내 눈을 부른다
해묵은 먼지 속에
한마디가 들어 있어
읽어 보고 생각해 보니
내가 한 말이네
새싹 같은 소년 시절에
희망을 꿈꾸고
천리 타향 서울로 올라왔으니
내 꿈이 이루어졌네
넓은 장안에 나 살 곳 있었던가?
50여 년 아등바등 뛰어온 세월
강산도 세월도 그대로인데
나는 어쩌다 하산길이라니
말이 되는가?
가던 길 가다가 생각해 보고
하던 일 하다가
내던져 버려야겠네

한 글자 두 글자
쓰던 것도 다 버리고
내가 서 있는 이 자리도
비워줄까 하네.

인엽 人葉

날마다 즐겁게 삽시다
날마다 한 구절 쓸 때마다
머릿속이 메워져 간다
어둠이 엄습해오는 밤길처럼
눈이 희미해져 간다
다시 보고 또 써보면
기억도 희미해진다
나이도 한 해 두 해 굳어가니
눈도 귀도 멀어져가고
새벽 공기에 얻어온 기운이
그나마도 힘이 된다
오늘도 살아 보자고 또다시
다짐한다
늙은이란 이렇게
늙어가는 것이라고
선생님이 말씀하지는 않았다.

삐비꽃 사연

아지랑이 아롱아롱
봄바람 타고 올라올 때
친구들과 손을 잡고
논둑 밭둑에서 앉아 놀았다
꼬마들 발소리 듣고 삐비꽃들이
배를 열고 나온다
보드라운 속살을 한 잎 두 잎
까먹으면 맛나다
하나둘씩 뽑아 쥐면
어린 작은 손이라 넘친다
고만고만한 녀석들
시간 가는 줄도 모른다
저 멀리서 어머님이
점심 먹으라고 부르신다
삐비꽃과 함께 어린 시절
우리들의 발소리였다.

인, 행仁, 行

얻어 마시는 물은 목이 마르고
우물에서 떠먹는 물은
목이 마르지 않는다
벌어서 쓰는 돈은 아껴 쓰고
얻어서 쓰는 돈은 물 쓰듯 한다
못 배우면 죄를 모르고
알면 죄를 짓지 않는다
자연의 섭리를 알면
안 되는 것이 없다
이것이 우리가 갈 길이다.

인생의 삶

만사에 쫓기면
운명을 재촉한다
형상에 매달리면
길이 가까워진다
이것이 삶이다.

초연

마음을 묶어서 초연이라 했다
고요함 속에 조용히 앉아 있다
밤마다 공상에 묻는다

허공에 발을 담그고 한 걸음 두 걸음
뽀드득 소리 듣는다
별들이 웃는다, 나를 보고 웃는다

회유한다 눈을 떠 본다
아무것도 없다
홀로 앉아 있다
어제도 오늘도 한자리에!

제4부 내 몸이 일기예보

마음속 양심

작은 것은 미리라고 한다
큰 것은 미터라고 한다

욕심은 미터에 있고
나눔은 미리에 있다

이것이 우리들이다.

번개 · 2

첫얼음이 발바닥을 건든다
얼음 깨지는 바스락 소리
널따란 운동장에서
자연이 주는 겨울을 밟았다
유리 갈라지는 소리 들으며
다시 못 오는 오늘
번개2로 초대한다
기쁜 마음으로 겨울을 맞는다
참석자 모두에게 행운을 빌며!

권력과 부패

권력과 부패는
동서지간이다
서로가 짜 맞추면
잘 들어맞는다
잘되면 100층 빌딩도
올릴 수가 있다
힘은 무소불위라
강철도 부러뜨린다
주는 대로 받고
주는 대로 먹는다
터지면 죽고
모르면 그냥 지나간다
이것이 권력이요
부패인 것이다.

내 몸이 일기예보

날마다 날이 새면 날씨를 보고
상쾌한 아침 햇살에 기분 좋아 나선다
밝은 햇살 보고 또 보며 자동차를 닦는다
365일 세차하는 날은 99% 비가 내린다
어찌나 정확한지 나도 모른다
우연히 차를 닦아도 비가 오고
온몸이 무거워도 비가 오고
지나다가 세차해도 오후에 또 비가 온다
이것 참 기이하네! 내 몸이 말일세!
기분이 가라앉아도 비가 내리니
내 몸이 일기예보라 골병이 아닌가 하네!

꿈속에서 불러본 목소리

거리가 멀어 들리지 않는 것이 목소리
잊을 만하면 생각나는 것이 목소리
대답 없는 사람을 불러본다
그리워서 불러본다
그 목소리 그리워서
그래도 들리지 않는다

멀리서 논갈이하시고
밭에서 풀을 매시고
부모님이 일하신다
아버지! 어머니!
불러 봐도 들리지 않는다
부모님 얼굴이 사라진다.

깊어가는 밤

곤히 잠든 깊은 밤은 외롭기만 하다
아무도 찾지 않은 깊은 밤에
낙엽은 바람 따라 떨어지고
빗물은 낙엽 타고 떨어진다

기다리는 문자는 오지를 않고
전화도 벨 타고 들리지 않네
소파에 그 사람 홀로 앉아서
아무도 대답 없는 시간을 보낸다

쉴 줄 모르는 빗소리는 겨울을 부르고
마음만 외로워 밤은 깊어가네!

빌린 돈과 이잣돈

빌린 돈은 마음이다
이잣돈은 상거래다
베푸는 건 사랑이다
거래는 장사다
사랑은 사랑을 낳고
이자는 이자를 더한다
이자는 열 배로 늘고
베풂은 한 배로 베푼다.

허무

착잡한 시간이 흐른다
세포들은 열심히
꿈틀거리는데
정신도 마음도
방향을 못 잡는다
수많은 시간 속에
수많은 문을 열어가도
빛을 보기가 어렵다
캄캄한 암흑뿐이다
이 길이 인생무상의 길인가?

무식한 사람

들판에 서서 갈 길을 모르고
쌓여 있는 책을 보고도 뜻을 모르니
나, 눈먼 봉사인지 게으른 건지
알 수가 없다

세상천지에 널려있는 금덩이도 못 줍고
가난을 벗 삼아 살아가는 사람들은
날로 급변해도 무디게 사는구려
어떤 게 잘사는 건지도 몰라
무식이 유식이라
따지고 보면 배운 자도 그저 그만
길만 다를 뿐이네
낮은 곳이나 높은 곳이나
때가 되면 비는 내리는구려!

새벽 술 한 잔

새벽에 만나 마신 술 한 잔은
날이 밝아오니 마음이 바쁘고
저녁 퇴근길에 만나 마시는 술은
깊어가는 밤이 더욱 마음 편하다네
젊어서 하는 일은 항상 바쁘고
늙어서 마무리는
욕심만 버리면 편하다네.

문고리

반짝거리는 손잡이 우리 집 문고리
날마다 보고 만지는 현관 손잡이
들고 나고 할 때마다 반짝거린다

오늘도 주인 손에 정이든 손잡이
반질반질 윤기 나니 예쁘기도 하여라
변함없는 손길로 만져주니
우리 집 문고리는 외롭지 않네.

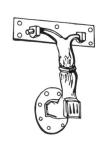

손잡이

손잡이가 윤기 나면 복이 들어오고
손잡이가 때가 끼면 복이 달아난다
들고 나고 부지런히 만져주는 집은
할 일이 많아서 들랑거리네
손잡이가 녹이 슬면 망한 집이고
반질반질 빛이 나면 부잣집이라네.

나누는 정

전화로 만난 사람은
10원어치 정이 가고
날마다 만나는 사람은
싸움질해도 정이 드네.

나는야

때마다 걱정해주니
외롭지 않네
틈마다 전화해주니
또 기다려지네
5총사 마음들이
한 판의 빈대떡이라
미우나 고우나
시간도 짧구나
하루해가 지기 전에
소식 올까? 안 올까?
시계만 보니
오늘도 하루해는
임들 기다리다 잠드는구려.

질긴 끈

사고로 깨어난 이 사람도
물이 말라 시든 꽃나무들도
개울물 말라 들어가는 곳에
모인 물고기들도
병충해로 다 죽어 간 곡식들도
무수한 생명이
고통 속에 살아간다
다시 살아난 생명은
재생품 기계와도 같다
힘에 부쳐서 길길대며
아등바등 살아간다
누가 이렇게 사는 것이라고 했던가?
평생토록 평지만 걸어간
사람도 있다는데
오늘도 우리는 질곡을 지고 간
사람들이라 끝도 없이
길을 걷고 있다.

장長만 하면 집이 두 채다

우리나라는 장長을 역임하고 나면
집이 두 채다
시장과 시의장, 구청장과 구의장은
장長만 하고 나면 집이 생긴다
허가 건도 돈이요
준공 건도 돈이다
시민과 구민들은 피와 땀인데
장長만 하면 배 채우는 데 혈안이다
굴러다니는 돈인가?
땀냄새의 세금인가?
장을 하고 나면 집이 두 채라니?

말하네

남겨 줄 것이 있는가?
무엇을 남겨 줄 것인가?
태어났으니 흔적 하나
남겨주고 가야지
만백성이 앉았다 일어서면
자리를 깨끗하게
치우고 가야지
그래야 다음 세대가
또 앉아야 하니까
숨 쉬고 소리치고
이 땅에 왔으니
다음 세대들을 위해
자리를 비워 두었네!

제5부 마음 모를 친구

동행

평생을 가르치는 그 사람도
평생토록 노동하는 그 사람도
하던 일에 얽매여 인생을 매질한다
꿈도 희망도 마음껏 펴보지 못하고
우왕좌왕하다가 그럭저럭 가버린다
인생일대 살면서 하고픈 일 다 못해보고
그저 그만 나이 들어 세월 따라가시는가?
한때는 웃음 웃고 즐기며 살았지만
갈 때는 어느 사람도
동행해주는 이가 없구나.

* 2008년 「강서문학」에 발표.

한적한 축구장

꼭두새벽 운동장엔
개미들도 잠이 들었는데
이 늙은이 잠이 없어
수명고등학교에 나왔다네
헌 축구화는 나를 닮아서
너덜너덜 다 떨어지고
이슬인지 서리인지
인조축구장에는
하얀 꽃이 피었네
다 떨어진 축구화로
분결 같은 하얀 꽃잎 위에
한 발짝 두 걸음 찍어 나간다
내 마음 두둥실 구름 위를 날아가니
새벽 운동이 젊음인가 하노라!

우리들의 기쁨

만나는 사람마다 복을 주시고
만나면 한마디가 정보를 주시네
살이 되고 피가 되는 값진 말 한마디가
세상도 바꾸고 삶도 살찌운다
만나면 반가움이 하늘을 날아가고
보면 볼수록 기쁨이라네
바람이 불어오고 눈비가 내릴 때면
오는 사람 가는 사람 아무도 없는데
찾아온 그 사람이 제일 반갑더라
말로는 친하다고 말들 하지만
아플 때 찾아온 이가 최고 아니던가!
인생살이 짧고 길어도 사는 것은 같은 것
가다가 쉬어 가면 그만인 것을
앞뒤 선두 부자 권력 가릴 것 없어
한발만 양보하면 천지가 내 세상일세.

한마디

비밀로 하는 말은
크게 들리고
정도로 하는 말은
사라져 버린다
속이는 말은 달콤하고
바른말은 씁쓸하다
살살거리는 친절은
가깝게 맞이하고
정도로 처세하면
살살이들이 범접을 못 한다
종국에는 정도가 빨리 다다르고
힘들이지 않아도 성공을 한다.

마음 모를 친구

달도 차니 지는구나!
어둠 속에 보이는 별들이 더욱 반짝여
내 마음 그나마 슬프지 않다
만나는 사람마다 그이 마음 몰라도
나는 반갑게 맞이하고 손을 잡았네
해가 뜨고 달이 밝아 깊은 마음 알 때는
어두운 그 마음 알 것만 같네
내 마음 다 주었는데 그림자 밟고
서 있는 그 사람
믿을 수 없어 마음만 멍드는구려
진정한 나의 친구는 어느 별에 있을까?
언제나 찾아오나 나의 친구들
차디찬 이 세상을 원망해보네
차라리 건성으로 만났더라면
달도 차고 별이 져도
마음만은 편할 것을
오늘도 홀로 앉아 친구들 기다리면
찻잔이 외로울 거야.

떠나간 마음

내 마음 두둥실
떠나가는 구름인가?
나는 모르겠네!
부평초 같은 내 마음을
오늘 하루 나가 봐야
별 볼 일 없는데
날마다 뭣 때문에
밖으로 나가시나요?
주렁주렁 친구들과
술이나 들면서
길가는 나그네도
불러서 술 마시고
세월을 낚으면서 오늘도
서산으로 나와 기운다.

술은 갔는가?

어이 친구!
어제 그 술 참 맛나대!
날씨도 쌀쌀해서
술 생각 나는디
주머니도 가벼운 참에
마침 자네가 와서
간단하게 한잔 해부렀네!
날마다 가던 식당이라
쐬주 딱 한 병 놓고
자네와 주거니 받거니
반 잔씩 입에다 따르면서
애껴 마셨다네
술값 5,000원
계산하고 나니
참 기분 좋았네!

꾼들의 후회

꽃 친구가 한참 잘 나가더니
물불을 모른다
하는 것마다 잘 되니 말이다
"그렇게도 점잖은 친구가
　미치는 거 있지?
　요즘에는 때아닌 공치러 다닌대!"
"그래? 그 친구가?"
시간이 한참 지나도
안 보이더니만
그 친구 얼굴에 찬 기운이 돌았다
"알고 봤더니 말이야,
　부인이 아프다는구나!"
"그랑께 항상 분수를 잘 지켜야지,
　이 사람아."

타고난 팔자

끝자락 나락 끝은 여물기만 하는데
끝자락 손끝은 저리기만 하는구나!
한들한들 골프공 때린 놈은
금테 두르고 나왔는가?
공사판 저 늙은이는
흙 탯줄 타고 나왔는가?
온종일 공사판에서 일에 녹는구나!
나올 때는 똑같이 터널 열고 나왔는데
금테 두른 놈이나 흙 탯줄 타는 놈이나
어찌 하는 일이 다르단 말인가?
여보시오 선비 나리
잠깐 서서 대답 좀 하고 가시오.

표정

마음이 고우면 표정이 밝아지고
표정이 고우면 마음도 바르다
표정이 밝은 사람은 잔병이 없고
얼굴이 굳은 사람은 온몸이 괴롭다
마음이 우울하면 병을 부르고
하는 일이 잘 되는 것이 없다
살고자 하면 웃어라. 나를 찾는다.

하얀 종이

말이 없는 벌판 위에 하얀 백지 한 장
작아진 나를 이끌고 벌판을 달린다
점 하나 없는 하얀 벌판을
하염없이 달린다
물도, 풀 한 포기도, 돌 한 조각도
하얀 벌판을 지웠는가
내 마음 손에 쥐고 태어나던 그 길이었네
천지가 고요한데 생명 하나 달고 나와
하얀 백지 위를 걸었다
듣고 보고 소리 내며 맑고 깨끗한
넓은 세상으로 천지가 나를 부르니
하얀 길 위를 걸었다
생명이 다할 때까지 쉼 없이 살다가
영원한 백지 위를 훨훨 날아가리라.

바지랑대

간짓대 한 개 걸쳐 놓고
바지랑대라 부른다
잡동사니 빨아 걸어놓고
옥수수도 서숙도 묶어 걸어 말리고
아이들 신발 닦아 줄로 묶어 달아 놨다
아침 일찍 밭에 나가 온종일
풀을 매다가 해거름에
집으로 돌아오면
바지랑대가 반긴다
다 말려둔 빨래 옷도
주인 보고 반긴다
주섬주섬 챙겨 놓고
저녁 식사 준비하다가
설익은 2층 밥 짓고
마구간에 여물 삶아
황소 쇠죽 퍼주고
이래저래 챙기다가
밤이 늦도록 손길이 바쁘다.

마음씨

마음이 고운 그들
언제나 밝고 점잖다
고운 마음씨 소유자들은
배려하시는 소유자다
언제나 상냥하고
따뜻한 가슴을 보인다
글 속에도 매듭이 없고
까칠하지를 않다
10년을 지켜봐도
언제나 밝은 그 모습이다
만나는 사람마다
보드라운 미소의 얼굴
따뜻한 손으로
반갑게 인사를 한다
그이 얼굴에는
세월도 주름을 지워주신다.

오늘을 살아오면서

외로운 풀 한 포기
볼수록 아름답고
버려진 말과 글도
볼수록 아름답다네.

내가 살아온 길가에

쓰러진 나무 세워줘도
다시 쓰러지고
다시 산다 해도
곧게 살지를 못하더라
우리네 살림 살이도
한 번 넘어지면
회복하기가 어렵고
이내몸도 한 번 다치니
회복하기가 힘들더라.

늘 불렀네

아등바등 살자던 그 말 하고 또 하고
말은 날아가고 마음만 남아 있네
수많은 사람이 여운을 남겨 놓고
그 말 하다가 영원히 가버렸네
말 중에 하던 말이 잘살아보자더니
허덕이고 헤매다 영영 가버렸네
천년만년 세월 가도 그 노래 그 말을
잘살아보자고 노래를 불렀네.

인연 뒤에 그들

젊어서 만난 사람들
지금은 어디서 살고 있을까?
늙어서 만난 이 사람들과
오늘을 살고 있네
가는 세월 오는 세상 붙잡지 못해
그때 친구들 떠나가 버렸네
십수 년 지나간 뒤에 만나보려 해도
그 이름 그 얼굴들이
하나둘씩 사라진다
청춘 시절 잘 나갈 때
기억난 추억들
꿈속에서나 보고 웃고
춤을 추어 보세
어야 어이 자네들도
즐겁게 사시게
한순간 지나가면
모두가 허상일세.

제6부 내 친구들

네가 무슨 부처라고

청춘은 구름이네
날아가는 바람이네
쳐다보고 바라보다가
떠도는 구름이었네
땅만 보고 75년
망구가 다 되고 보니
내가 무슨 부처라고
청춘을 접고 살았는가
날 새는 나를 보고
우리 한번 놀아보세
이 세상 좋은 세상
즐겨나 보자는데
내가 무슨 부처라고
살다 보니 부처가 되었네.

기다림

꽃 소식은 누가 전하나요?
꽃 피는 춘삼월이 그립습니다
돌아가는 시국이 죽창입니까?
세상을 살다 보니
도둑들이 매를 드네
꽃 피고 새가 노래하는
봄은 언제나 돌아올까?

향수 · 1

고향에 달이 떴다
고향에 별도 떴다
세월 가고 나도 늙어
고향으로 내려왔다

젊은 청춘 끌고 가서
서울에다 몸 바쳤다
비 내리는 고향길은
서울 길만 못하구나

밤 깊은 달빛 밟으며
옛 생각에 젖는다.

향수 · 2

고놈 참 용하다!
고향을 못 잊었구나
어릴 적에 보던 대로
똑똑하다 했더니만
나이 들고 몸 늙으니
고놈 고향 찾아오네.

허상

문학은 허상일세
보는대로 느낀대로
말들 안하고
살을 붙여 거짓말로
꽂아 놨구나.

소리는 나는데

밤마다 그려보는 글씨 몇 자
10년을 그려가니 눈이 쉬잔다
읽고 쓰고 그려가는 글씨 몇 자를
시국도 그려보고 인생도 써본다
주어진 내 할 일은 얼마나 남았을까
태어나던 그 날 배정받아 놓고
결혼해 분가해서 차분차분 치워왔다
아직도 해야 할 일이 얼마나 남아 있을까?

낚시꾼

낚싯대 던져 놓고
곧은 낚시하는데
잔챙이도 월척도
서로 입질을 하는구나!
큰놈도 잔챙이도
낚시는 안 건들고
예쁘장한 뾱수대(찌)만
입질하네
요놈들 봐라,
미끼도 모르고
낚시 찌만 사랑하네.

내 친구들

날이면 날마다 찾아온 내 친구들
오늘도 찾아올까 마음 설렌다
빛바랜 늙은이라
찾는 이도 없는데
그래도 마음 하나 보고
찾아오는 내 친구들
어제도 오늘도 얼굴 보니
외롭지 않네
내일은 누가 올까?
무엇을 준비할까?
기다리는 내 가슴엔
친구들뿐이라네
오늘도 다녀간
반가운 내 친구들
만나고 헤어지면
기쁨이 넘쳐나니
기다리는 친구들
내일 또 오겠지.

헌 낚싯줄에

하나 물었네 그녀가
늙은 소를 물었네
끈질기게 쓰던 차를 끌더니
건수 하나 낚았네 늙은 소를
나도 홀로 너도 홀로
서로가 홀씨라
의좋게 살다 가면
서로가 행복일세
나누는 말 상대도 아름답고
바라보는 미소도 영글었으니
자랑이 아닌가
보기도 좋았다네
위로하고 사랑하고
그렇게 살다가 그녀 품에서
따뜻하게 안기면
꿈나라로 가리다
늙은 소 말이오.

천지개벽

내 몸은 천 리를 못 가지만
내 말은 만 리를 날아간다
한 글자 한 마디가
생사여탈 일어나 세계를 지배한다
만국의 총칼보다
성인의 말씀이 더 강하다
붓끝에 검은 먹물 한 방울이
세상을 흑과 백으로 나눈다.

밤마다 쓴 편지

밝은 미소로 그림을 그린다
황혼의 블루스를 즐겁게 춘다
발을 멈추고 누구에게 보낼까
이 밤의 편지를
내 나이 또래 친구에게
내 마음 전하네
속 빈 편지를 말이오!
깊은 꿈속에서
한 잔 술 꿈꾸며
잠자는 내 친구에게
할 말도 많아
하얀 백지장을 다 채웠다.

옷맵시로

타고난 그 모습 그 얼굴이
못생겨서 치장을 하셨는가
값비싼 화장품에 고급옷 사입고
서울 거리를 활보하니
바라보는 이도 없다
속이 시꺼메서 구린 냄새가 나는데
겉모습에다 분칠을 해주니
귀티는 나는구나
가까이서 쳐다보니
가슴속에 똥만 들어 있었다
한마디 말을 해도 알아듣지 못하고
통하지도 않는 그 사람
오기만 꽉 차 있어 고집불통이었다
이웃돕기 자선행사에는
피해 가는 일이 일수라
그 사람은 제아무리 고급 옷에다
얼굴에 분칠하고 그 모습 변장해도
속내는 가릴 수가 없구려.

끊어진 소식

눈만 뜨면 보던 얼굴 다시 또 보고
만나면 토닥토닥 돌아서도 또 만난다
티격태격 다투다 원수가 된 사람도 있어
세월이 약이 되어 치유를 해준다
세상을 살다 보면 별별 일이 다 일어난다
이런 것이 우리가 사는 것이라고!
삶의 창 안에서 눈도 마음도 가는 곳은
얼굴이 아니던가
웃는 표정을 바라보면 사는 맛이 나고
잠긴 표정을 대하면 하루가 길다
어야 어야 정겨운 친구야
우리 모두 마음 열고
즐겁게 살아가세
하루를 살아도 서로서로 도와가며
우리 함께 살아가세 사랑하는 친구야!

잘 있었나?

"자네 지금 살아 있는가?"
반가운 친구 전화가 왔다
갑자기 오는 전화라 더욱 반가웠다
오랜만에 오는 전화였다
소식이 끊겼다가
불쑥 나타난 내 친구
그저 별일 없었으면 잘 살았지!
그리운 친구를 반갑게 맞이하니
이런 게 사람 사는 맛이 아닌가!
막상 만날 때는 할 말이
많을 것 같은데 별로라
누구나 늙어지면 그리운 것이 말동무라
추억을 끄집어내 나누는 이야기는
다시 찾는 젊음이라
잠깐 머물다 돌아온다
내 혼이 뒤섞여 놀다
다시 헌 집으로 들어오면
내 몸이 무거워진다.

인간들

파도는 높아도 물이고
바람은 세차게 불어도 바람이다
변하지 않는 것은 자연이지만
사람은 조석으로 변한다
믿었던 친구도
사랑했던 부인도
돌아서면 그만이듯
변하는 게 인간이다
얼음판 깨지듯 갈라서면
언제 봤느냐 모르는 척
인정 사정 없이
외면해 버리는 인간들!

오늘 우리들

초판인쇄 · 2021년 5월 14일
초판발행 · 2021년 5월 29일

지은이 | 지현경
펴낸이 | 서영애
펴낸곳 | 대양미디어

04559 서울시 중구 퇴계로45길 22-6(일호빌딩) 602호
전화 | (02)2276-0078
팩스 | (02)2267-7888

ISBN 979-11-6072-077-8 03810
값 13,000원